貨車捌く

中山十防句集

花乱社

題字　山本素竹

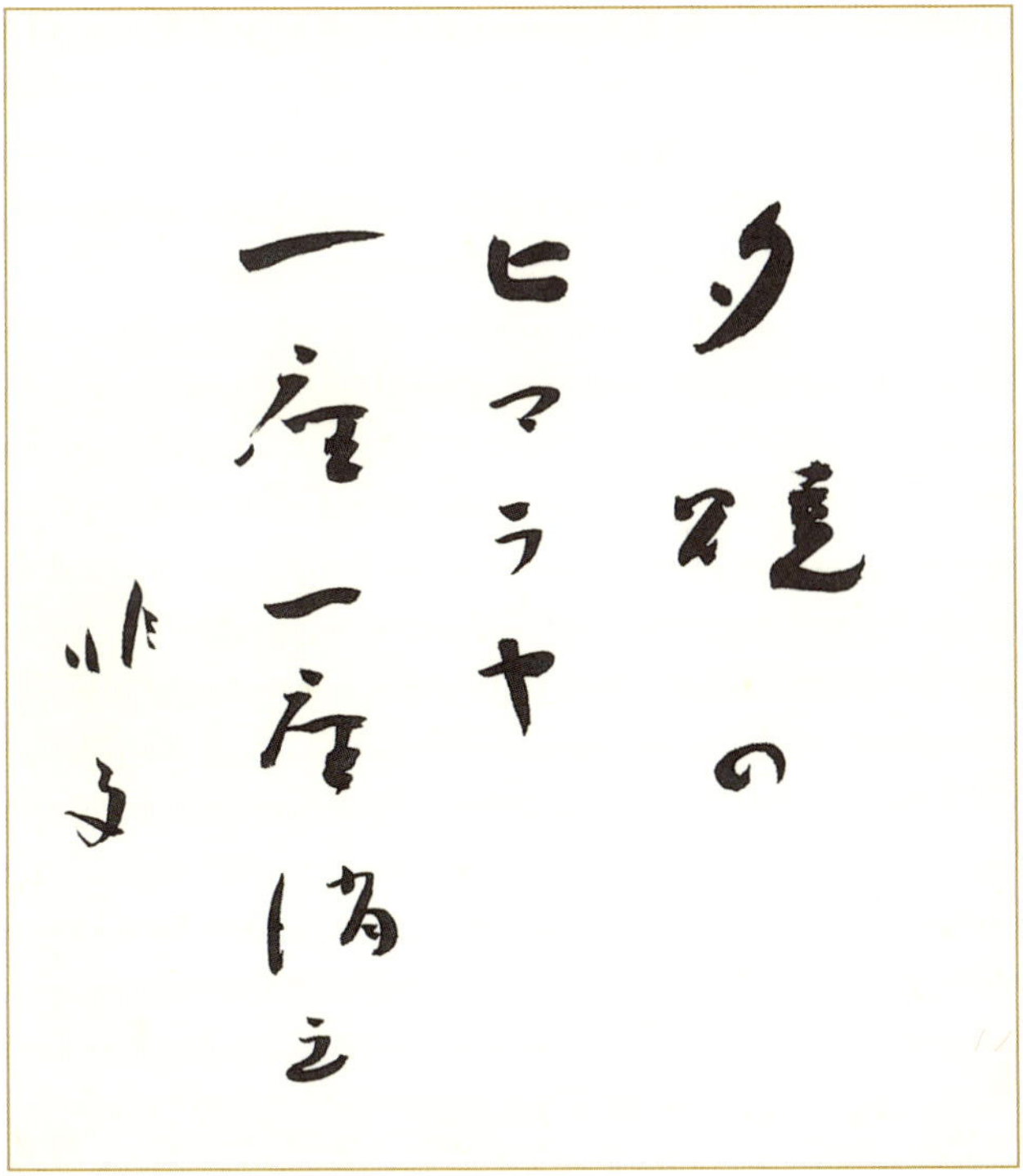

夕焼の
ヒマラヤ
一座一座消え

下村非文

玄界は
一枚に
凪ぎ
雲の峰

永田蘇水

目次

[色紙] 下村非文／永田蘇水

駅深夜 ……………………………………… 昭和五十～六十四年　3

山茶花 ……………………………………… 平成元～十五年　57

赤　子 ……………………………………… 平成十六～二十七年　131

あとがき　185

季題別索引　189

装丁／design POOL

貨車捌く　中山十防句集

駅深夜

昭和五十〜六十四年

昭和五十年　九月万年山月見登山

重き荷にあえぐ山路や秋の風

かきわける芒の原に蝶一つ

夕暮れの霧の中より虫の声

万《は》年《ね》山に星ちりばめて虫時雨

見事なる紅葉に疲れ吹き飛びし

お地蔵のみかん一つに笑み在す

冬ざれの牧場一と筋牛の径

山頂の霧氷にかくる石祠

二月関門『山茶花』下村非文師来訪記念句会

潮風に落つる椿の二つ三つ

昭和五十一年

釣り舟をかはして巨船春の瀬戸

雛壇や動く牛車のオルゴール

深霜を蹴つて飛びたつ雀あり

畦焼きの火の粉飛び散るローカル線

早だちの遍路は杖を揃へ寝ぬ

花電車なきどんたくのもの足らず

老木に般若湯かけ藤まつり

山を来て清水は喉にまろかりき

道草の子等くろんぼう類につけ

駅名板ペンキに注意春の風

老鶯に目覚め峠の小屋にあり

登山小屋ランプに友の髭伸びて

蝶死して蟻百ぴきに担がる

掃除夫の額に汗し冷房車

登山杖すてて鎖場睨み上げ

頂は見えて遠かり夕立来

虫の声しきりに夜半の貨車捌く

昭和五十二年

おそろひのタオルかぶりて老遍路

大試験終へて安堵の服をぬぐ

春雷は遠くにありて貨車捌く

火山灰《よな》かさむ祠残菊かたむけり

刈田行くスイッチバック汽車あへぎ

ふかぶかと冬帽子なる地蔵たち

懐手解かずに答へ札所守

昭和五十三年

獅子舞の太鼓地下街すみまでも

春著きて幼き口に紅をさし

手鏡を見ることおぼえ卒業す

紅葉狩神の御滝に導かれ

秋の蚊にひるむ人なき平家塚

茶屋裏の句碑に秋日のとどかざり

昭和五十四年

夜勤明けまづは賀状をにぎりけり

遅き賀状届き安堵の酒をくむ

海苔篊《ひび》をぬつて離島へ船たてり

もぐら打ちせまき菜園念入りに

婦警来て休むも花の下なりし

宮参りをへ花人の中にあり

唐臼のドスンドスンと夏座敷

陶工の夏座布団の破れをり

玉の汗タオルにとめて轆轤ける

秋の蝿しつこきことよ夜勤明け

赤銅の腕に杖あり秋遍路

霊場の燭の細りし初時雨

饌米籠裏返しあり冬霊場

口いつぱい氷柱ほほばり登山道

昭和五十五年

初つばめ駅舎をぬけて急昇す

御ン滝に合掌深く老遍路

小春日にチンパンジーは尻を向け

竹の春嵯峨の庵の豆腐よし

秋惜しむ男の旅路かつぽ酒

神の留守宮司も留守と書きありし

昭和五十七年

射手士みな舞ひて祈りて弓始

四方射ち天地を射ちて弓始

ひな壇は本の付録や男の子

玄海の島に老鶯聞くしばし

夏めきて島の渡船のペンキ塗る

揚花火古き駅舎をゆるがして

菊人形動けば幼子手をたたく

滝壺は落葉しづめて藍に澄む

三月地下鉄開業により筑肥線鳥飼駅廃止

もみぢ手に握手し改札初仕事

昭和五十八年

廃止なる予定の駅の初暦

髪切つて肩軽かりし木の芽風

節分の鬼早々に疲れ寝る

海峡に警笛ひびき山笑ふ

庭園は矢印にそひ花吹雪

赤と黄親子のこのみチューリップ

若葉して古墳太古のまま眠る

代田すみ鷺舞ふすがた映しけり

柿の花こぼれて過疎の村眠る

水郷に虫の秋ありどんこ舟

ゆるやかな波萩ぬらしどんこ舟

信号機赤に止まれば今日の月

山の温泉《ゆ》の熱きにつかる紅葉狩

冬の蠅壁に一点動かざる

昭和五十九年

出勤簿真白きに印お元日

我が息の白きを見つむ駅深夜

どんど焼焔高きは良き事ぞ

軒先に見知らぬ猫の恋はげし

啓蟄や犬くんくんと鼻ならす

鳩遊ぶ原爆ドーム草青む

石仏は荒彫のまま花の下

石庭の砂紋にゆらぐ若楓

万緑に咽せ陶工の女人なる

紙くずの舞ふを捕へしつばめの子

熊よけのラッパの鳴るや岳若葉

国道は一直線やじやがいも咲く

オホーツクの凪ぎて馬鈴薯花盛り

向日葵の一花大輪もてあます

蜩時雨三分停車長き事

虫の声厨に座敷に峡に住む

羅漢窟丸き石門木の実落つ

秋晴や船下りたれば耶蘇の地ぞ

極彩の社殿にまさる黄葉かな

つり橋のきしむや眠る山深く

つり橋は通学路なり冬山家

昭和六十年

登山靴手入れ惜しまず年迎ふ

雪舞す風に神楠ざわめけり

忘れ雪解けて大祭整へり

本殿は神官のみで大掃除

法の川渡りて鶯聞きとめぬ

落柿舎や高く咲き落つ玉椿

陶器市売り値一と声夏めける

山小屋に愛の鐘鳴り時鳥

清め塩体に滝に行者なる

真下より仰ぐ花火やつづけ打つ

手花火の子のふりむくや遠花火

颱風の進路なるらし星一つ

楠大樹御社覆ひ鵯《ひよ》猛る

ダム阻止の看板傾ぎ山眠る

大根の干さるる所バス止る

昭和六十一年

一と矢ごとあがるどよめき弓始

一輪の椿を挿して女絵師

春煖炉背に陶工の一途なり

青嵐志士匿ひし草庵に

四キロの松原虫の鳴き続く

波止場にははなびのにほひ残りたる

堂壁画三千諸仏や照黄葉

陶の里一軒の茶屋煖炉燃ゆ

昭和六十二年

峡こだま二つの寺の除夜の鐘

外つ国の賀状一枚みんな寄る

店先の広庭雪の陶狸

蓬餅残りて母の不機嫌に

花屑を踏みて巡礼急ぎ足

親は山子は海が好き子供の日

雑魚二匹釣れて喜ぶ子供の日

子供の日漁師の子とし船にのる

二夕巡りしなほ去りがたし花菖蒲

城跡に万本の菖蒲そよぎけり

屠殺場の盂蘭盆の灯のともされず

神官の木靴の黒き極暑かな

寄せ墓のみな海を向き石蕗の花

聖堂は畳敷きなり花八手

山城の石垣のみや照紅葉

紅葉狩千手観音まづ拝し

初刷も開かぬままに出勤す

昭和六十三年

嫁が君親指ほどのかわゆけれ

節分の豆ひろふては酒をくむ

迷路めく浦に強東風吹きぬくる

春愁や鬼面太鼓に身じろがず

春の宵能登の太鼓を聞くも旅

庭占める家宝の牡丹にぎはへる

鮎はねて新聞少年過ぎにけり

ひまはりの首垂れてをり雨多し

頂は岩一つなり蜻蛉群れ

寺守の蚊遣り火焚きて朱印押す

時雨るゝや荒鵜礁を飛びたたず

正月や大漁旗かかぐ船溜り

昭和六十四年

年越の実感もなき駅勤め

山茶花

平成元〜十五年

平成元年

ちぎざる蜜柑畑あり犬ふぐり

春寒き城址に玄界一望す

雛の壇二間続きの旧家かな

島の宿訪ふ人もなし冬椿

春雷に理髪師の手の止まりけり

初蝶の寝そべる犬を越えて行く

この窪み弥生の遺跡新樹光

墳丘につまざるままの草苺

田を植ゑてしまへば鷺の又下りる

天守への道の遠くて極暑かな

霊山の鎖場近し飴湯売り

夕月や遊び疲れて子は眠る

秋桜迷路めきたる浦の路地

行く秋や読めざる句碑に屈みもし

島歌舞伎閉せしままに紅葉晴

霜解に濡れし御廟の石畳

平成二年

年賀状友の癖字にほほえみて

坊跡に山門残り梅の花

霊園の手入れとどきて鼓草

高塀にのり出し僧の実梅捥ぐ

早乙女の一人でたりる広さかな

梅雨の寺法話長きもよしとして

石庭の古木戸閉ざし夏の萩

新涼やシテの微動も見のがさず

能衣装落暉に映えて城の秋

寺の秋尺八の音何処より

城壁の不揃ひの石花木槿

夫婦して落葉ふむこと楽しげに

紅葉散り木洩日さして荒祠

橋架る島渡船跡冬紅葉

平成三年

一隅の藩主墓五基花馬酔木

荒畑に土筆一面一人摘む

淡墨の桜に一と日浄土かな

老幹の洞にたまりし花の屑

茶の作法気ままに亭の五月かな

蛍狩峡の小径を譲り合ひ

三千の磴の一歩に河鹿鳴く

三千の磴も半ばや時鳥

颱風の過ぎて安堵の雨戸繰る

颱風の荒れて一と日の長かりし

冬に入る旅路の宿の潮騒に

玉砕の洞鎮魂の石蕗の花

砂糖黍ゆれ英霊の眠る丘

平成四年

滝径の一歩に凍てのきびしかり

木魚の音冴ゆる古刹に人気なし

水温む旧家の釣瓶今もなほ

静寂のもどりし寺の夕桜

線彫の仏くつきり若葉光

町夜明け鎮守の杜の蟬時雨

よその子を負ひし思ひ出富士登山

御来迎沈黙瞬時ざわめけり

大秋日白砂十五里きらめかす

秋深き引き潮の浜歩をしるす

枯菊もそのまま峡の生活かな

平成五年

初刷を配る子送る闇深し

大寒の晴間に車洗ひけり

法鼓打ち僧声張りて豆を撒く

啓蟄のものを狙ひし猫叱る

里の経辛夷まぶしき寺ありて

寺隅にマリア観音若葉光

宿下駄や千曲のほとり旅五月

行々子瀬音たしかに千曲川

満水のダムの静寂や合歓の花

油蟬一匹鳴くも疎ましき

見らるるも蟷螂かまはず蟬も食ふ

灯を消してとみに深まる虫の闇

田の神を訪ねて稲田一列に

攻め窯の煙ながれて石蕗の花

教室へ渡り廊下や紅葉散る

墳丘に一樹のありて冬ざるる

悴《かじか》みて滝の不動に目礼す

平成六年

射手衆の影も凛々しき弓始

師の庭に春光満ちて句碑一基

強霜や太閤石も野辺の色

ひたすらに石仏洗ふ薄暑かな

万本の菖蒲の一つ描いてをり

雪の下一岩を占め不動立つ

五湖めぐり鴨にこのみの湖のあり

千年の楓紅葉の寺を守る

雨に散る紅葉目に追ひ庵の縁

お不動の火焰の彩の失せて冬

平成七年

雨に濡る神馬像なで初詣

水仙の花の彩のみ原城址

古雛の前にどつかと座りけり

雛の膳旅の思ひ出深まりし

戦絵馬多き御堂の花の冷

桜花祭ひかへし巫女の舞ひ習ふ

踊子草しばし見てゐて刈り始む

踊子草踊ればば鎌を止めたる

紫陽花の家ごとの彩里の道

ブルドーザー自在男の麦藁帽

湿原の雨に鷺草そよがざる

ダム工事底に人影冬ざるる

大師像錫杖錆びて冬ざるる

平成八年

初刷を配る子と会ひ出勤す

羅漢窟一歩一歩の凍つる音

若布刈舟荒鵜いつもの岩に立つ

雛の間にやすらぎ灯す絵蠟燭

醤油屋の百年を守り箱雛

藩校の長き暦日風光る

花冷や夢二生家の美人絵に

妻の留守薄暑の部屋の広さかな

小糠雨老鶯強く鳴く山路

洗ひ場に旧家のなごり鴨足草《ゆきのした》

十薬の匂ひの遠し雨の庭

合歓の花ゆれて漣おこる湖

滝しぶき仏は苔を纏ひたる

少年の一人の浜や赤とんぼ

蔦からむ野仏慈顔失はず

峠茶屋守りて三代秋深し

「草枕」偲ぶ館に鵙猛る

楷紅葉散るを一枚栞りけり

鰐口の鈍き音冴え札所寺

平成九年

一条の滝の凍てたる奥の院

歩射神事矢場に落ちたる寒椿

下萌にランドセル置き子はいづこ

対岸の土手の眺めも花菜なる

揚雲雀飛行機雲にとどかんと

指差されなほ見付からず揚雲雀

落人の滝と伝へて濃山吹

渓深し落花見上げて舟下り

時鳥啼けば歩を止め尾根の径

春蟬や鎮もる普賢岳《ふげん》の谷深し

恐れつつ覗く堰堤渓若葉

老鶯を聞く堰堤の真ン中に

蠅打つて新聞ゆつくり広げけり

唐臼の水音迫る夏座敷

日盛や陶土乾かす窯火燃え

炎天に唐臼軋み繰り返す

沢に添ひ奥の院あり竹の春

虫鳴いて日射しとどかぬ磨崖仏

吊橋の小さきがかかり烏瓜

ダム湖いま桜紅葉に音もなく

ＳＬの十分停車柿熟るる

秋に胼《ひび》夫婦のきずな堂を守る

五位鷺に堰は縄張り冬の川

平成十年

初鴉機嫌よろしく並びをり

初雪や湯呑み両手でつつみたる

裏御門跡の坂道花冷ゆる

街騒に慣れて遊べる残り鴨

草茂り城垣の威を隠したる

雨太くなりて青蘆ゆらす風

放水のなき堰堤の暑さかな

涼風のホームに本をひろげたる

遠花火妻と二人になりしかな

しばらくは虫の闇なる部屋とせん

はたはたを翔たせるつもりなき歩み

物売りの声のひびける峡の秋

これよりは神域にして鵙高音

鵙高音朝の気合ひを入れくるる

銀杏の見てゐる時は落ちぬもの

落葉焚一人二人といつのまに

虚子句碑はここぞと石蕗の花明り

平成十一年

春雨や檜皮の古りし庭祠

お遍路の杖音かるき石畳

残花散り遭難碑守る島の寺

風光る島の教会屋根赤き

留守番の一人にかなふ扇風機

梵妻の眼涼しく古寺を守る

啄木鳥や英彦《ひこ》の神杉揺るぎなく

煉瓦塀囲ふ旧家の懸大根

年用意犬を洗ひて終りとす

平成十二年

一人なる駅のホームの初明り

元旦をいつものごとく出勤す

虫喰ひの木彫の狛犬春寒し

丸坊主園児に一人夏来る

分校の静けさにあり朴の花

職員室人影ひとつ火蛾の舞ふ

足弱の婆を置きざり道をしへ

入院の母の指図の盆用意

退院の延びたる母に盆の月

鰯雲引き込み線の錆深く

みどり残る木の実拾ひて城の径

水澄むや駅に幸運手水鉢

平成十三年

退院の日を待つ母の初暦

膝掛けのあるどんこ舟水温む

春炬燵動かぬ母の小さかり

迷ひ人先に着きゐて花の寺

無人駅人家は遠く花棟

花茨分校跡の碑も古りし

杣の家築二百年蛍飛ぶ

夏霧にはや灯したる杣の里

六軒の宿のいづれも梅を干す

檀一雄語る先生眼の涼し

胡瓜採る島人に道聞きにけり

冷房の客室混んで島渡船

椎の実の踏まるるばかり墓地の径

先駆の鴨の番ひでありしかな

かたかたと風絵馬鳴らす神の留守

神楠のざわめきやまぬ神渡

十一月二十六日母逝く

滲み出る泪一すぢ小夜時雨

冬日和賜る母の葬儀かな

母逝くや庭の山茶花彩深め

関門の急潮きらら春近し

平成十四年

半数は羅漢首なき落椿

媪守る峠の茶屋の春火鉢

彩十色玄関までのチューリップ

薔薇園の園児等の声落ち着かず

鼻振つて象の機嫌や風薫る

洗濯機回る朝の蟬時雨

夏みかんとどかぬ高さ檀旧居

あつと言ふ間のははそはの新盆会

母逝きて手探りなりし盆用意

禅寺の庭の大岩あきつとぶ

霊山の風荒々し神送り

雛の日の句座の昼餉のちらしずし

平成十五年

石楠花の茅葺堂の高さまで

汐干狩時には城も眺めつつ

石仏か標の石か蛇苺

老犬の散歩に出合ふ夏木蔭

山寺のテント賑はふ心太

聞きのがす老鶯を待つ孔子廟

蛇嫌ひ犬の散歩もここまでと

豪商の離れ座敷の石蕗の花

底冷の城址の森の井戸の跡

採石場跡の碑埋もれ冬ざるる

赤子

平成十六～二十七年

平成十六年

錠錆びし藩の御霊屋風冴ゆる

犬も又静かに聞きし初音かな

初蝶に腰をかがめて息ひそむ

初蝶のゆるりと羽根をひろげけり

風船を手に結はれ子の眠りゐる

三十年変らぬ駅舎燕の巣

残り咲く紫陽花の彩久女句碑

自転車の子にまつはれる蜻蛉かな

天高しマッターホルン映す湖

カウベルの二つの音色草の花

アイガーの北壁の威や濃りんだう

まだ見えぬハイジの家や草の花

平成十七年

屋根のなき御手洗に湧く寒の水

禅僧の下駄音駅に冴ゆるなり

凍鶴の群れに丹頂交りゐし

縄文の貯蔵穴とや草萌える

盆梅の売り値交渉人囲ひ

猫の恋犬の応へてをりにけり

ビル風に翻弄されて柳の芽

遭難碑真向ふ尾根の昼霞

島指呼に浦山つつじなだれ咲く

五月十一日初孫紘輔生る

初孫にときめく朝《あした》風薫る

薔薇園の一つの花に蜂群るる

薔薇園を舞台に蝶のもつれ飛ぶ

芍薬の雨をほしげに傾ぎけり

たわわなる札所の枇杷を誰がもぐ

緑蔭に順を待ちゐる宮参り

石橋の多き川筋稲の秋

秋風や再会の日の過ぎやすく

百日の赤子の眠り虫の秋

通学の歩く子駆ける子猫じやらし

犬吠えて野分いよいよ強くなる

赤子にも名月見せて一家族

玄界の怒濤窓辺の煖炉かな

曇る窓拭き玄界の冬の浪

平成十八年

水鳥の羽音ダム湖にこだませり

赤ん坊の笑顔に笑顔去年今年

早春の雨の絵硝子明りかな

十字架《クルス》山異教徒拒む春嵐

足元のすみれ明りのマリア像

山里に金ちりばめし初幟

母の日は遠くに母は鮮明に

船遊び八十路船頭唄一つ

蛇を見て老船頭の雨予報

橋下の風に憩ひて船遊び

盆栽の一粒にして蛇苺

久々の二人の夜の冷奴

滝壺に下りれば消えて蟬の声

木洩日に瀑布のしぶき見上げけり

秋祭路地の教会ひつそりと

園庭のアメリカ芙蓉紅強し

目を合はすことなく行くや秋遍路

鮎返とふバス停の秋深し

鵙の声遠し神山深かりし

平成十九年

寒椿炭取る坑の碑の古りし

春の旅路面電車に身をまかせ

オランダ坂校の路なり玉椿

園うらら食パンを待つ河鹿の口

観音堂守るかに蜂の現れし

花散るや遠き札所の鐘ひびき

五月二十五日孫待望の女の子朋音生る

五月の半月美《は》しや女の子生る

夏蝶の国道越ゆる早さかな

夏の蝶かくかくかくと飛びにけり

山梔子の花に漱石旧居閉ぢ

沢蟹の寺の御手洗塒《ねぐら》とす

雛僧の経初々し盂蘭盆会

村の道通行止めの盆踊

虫の声妻のうたた寝長びける

赤子にも寝言のありて初笑ひ

平成二十年

赤子にも不老水汲む初詣

寒明の朝日に光る仁王の眼

残る鴨見てゐて順路間違へし

屋敷蔵朽ちなんとして夏つばめ

電気笠明治のなごり梅雨の宿

水車汲む田の水口に蠑螈《いもり》群れ

解体を惜しみわが家縁涼み

家惜しみ父を偲べば月涼し

幼子のきよとんと見つめいぼむしり

もてなしの鯨雑炊島日和

百戸なる小島の社銀杏散る

公園の忘れグローブ日短

短日やジャングルジムに鴉啼き

新居への引越しを待ち日脚伸ぶ

平成二十一年

雛も又一員となる新居かな

早春の風に新居の荷を解きぬ

新居への移植の庭木芽吹きたる

長閑なる旧道もあと一と曲り

園丁の顔の赤銅薔薇を守る

水のなき水路の岸の蛇苺

峡深き棚田の中の花菖蒲

石橋の崩えし小川の露葎

出水禍の札所の供華の枯れしまま

遮断機にしばしたたずみ鰯雲

濡縁にあぐらをかけば小鳥来る

紅葉冷足湯に待ちの札かかる

遠目にも荒れたる札所冬桜

平成二十二年

鳴竜の静もりてより余寒かな

種袋郵便局に売りゐたる

花種の赤き袋を買ひ足しぬ

真白なる聖堂の鐘春の昼

鮎釣の父と娘のバケツかな

石山の奇岩の椎の落葉かな

四阿《あづまや》の先客なりし雨蛙

すべり台いつきに下りてかき氷

分校のはや始業式カンナ燃ゆ

峡深き捨田に昼の虫鳴ける

大池の水位下りて草の花

補助輪の自転車走る小春かな

測量の漢の赤き冬帽子

狛犬の雪をかぶりて睨みゐし

平成二十三年

雪しんしんしん昼灯しをる常夜灯

石臼も庭石となり薄氷

潮騒のとどかぬ岬の玉椿

池ほとり廃寺の標辛夷散る

沈下橋壊れしままよ青芒

窯元の犬も人恋ふ昼の虫

窯元に一服のお茶虫の秋

乱れ萩隠れ里への標とも

蟷螂の馬頭観音守る構へ

平成二十四年

リヤカーの花売りに風冴えにけり

寒釣の閑なる様子遠目にも

立春の風と思ひて襟立てず

荒畑も手入の畑も犬ふぐり

自転車の子に従ひて野に遊ぶ

妹の一人の時よシャボン玉

春眠の覚めやらぬ子のいとしさよ

十人の入学式よ我が母校

緑蔭の寺苑のベンチ一人づつ

斎田の畦は咲かざる彼岸花

飛び上りやつと採りたる烏瓜

大川を渡りきりたる秋の蝶

小夜時雨列車の遅れ告げらるる

銀杏散る中に仁王と立ちにけり

持久走最後の女子の息白し

平成二十五年

お飾や敵将祀る祠にも

町工場守りし祠の梅の花

竹落葉舞ふやバイクの郵便夫

腕組みの農夫立ちたる植田かな

花茨這うてダム湖の径狭む

思はざる旅の一夜の花火かな

霧深き阿蘇にしばらく抱かれん

露けしや賽銭あがる座禅石

住職の真つ赤な車山の秋

平成二十六年

たをやかに鳶舞ふ日和初詣

本堂の時計合図に節分会

坊守の法被新たや節分会

堂裏に捨てて瓦あり野水仙

バイク止め手にいっぱいの土筆摘む

通園のバスを待つ間の土筆摘む

紙コップ持ち幼子の土筆摘む

通学の自転車追ひ越すつばくらめ

広縁に晴れを待ちゐる鯉幟

夕餉まで夫の一時草を取る

荒梅雨や帚休めず寺男

悼　北川蘇遊子氏

蘇遊子は阿蘇に遊ぶ子雲の峰

氷菓子二本目食べる午後となる

橋涼み城下散策終りとし

水車小屋跡形もなし昼の虫

我が茹でし枝豆一品なる夕餉

松原の木洩れ日に照る蔦紅葉

蔦紅葉覆ふ辻堂大河守る

注連朽ちし松の切株石蕗の花

小春日のサーファー一人立つ浜辺

里宮に遊具一つや散紅葉

大黒の白き帽子や落葉掻

ヘリ見上ぐ登校の子の息白し

二世帯の鍋一杯のおでんかな

平成二十七年

ディズニーの絵柄もよけれ初暦

初風呂や子等と俳句の話など

遠目にも水温みたる筑後川

春めける景の真ン中筑後川

けしけし山歌碑はここなり初音あり

風化せし歌碑を惜しめば春寒し

薄 霞 観 音 巨 像 真 白 な る

緞通を織りたる家の享保雛

ビードロの雛に日差しの小部屋かな

恋みくじ強運くじや花楓

攻め窯の煙まつすぐ山笑ふ

荒山も子には遊び場竹の秋

子の残す栄螺の腸を肴とす

あとがき

この度、「六分儀俊英シリーズ」のお話を頂き、僭越なのではと思いましたが、国鉄・ＪＲ・関連会社に勤め、昨年六十五歳の節目を迎えまして、私なりにこれまでの未熟な句日記を纏めてみようかと、第8集として、初句集の上梓に踏み切った次第です。

顧みると、昭和四十三年国鉄入社時、博多港駅という貨物駅に配属となり、俳師となる故永田蘇水先生、そして登山をご一緒した故北川蘇遊子さんとの出会いがありました。昭和四十八年、私の結婚式の折、蘇水先生より「相助け櫓を漕ぐ夫婦春の濤」ほか二句の祝句を賜り、初めて俳句を身近に感じて、新聞紙上の俳句を時折拾い読むようになりました。昭和五十年、万年山月見登山時、蘇遊子さんたちの俳句談義に加わり、自然に句作指導を受け始めたように思います。

昭和五十一年より『山茶花』誌友となり、故下村非文先生のご指導を仰ぐことになりました。驚いたのが、当時青年俳句（四十九歳まで）投句欄があったことです。俳句

界ではなんと四十九歳までが青年！　と息を呑んでしまい、後二十年も青年なのかと気が遠くなるようで一瞬躊躇したのですが、いつでもやめられるのだから、ともかく亀のようにぼちぼち続けてみようと気持ちを切り替え、蘇水先生ほか先輩方のお力添えがあって継続することができ、いつも季寄せと句帳を携え、次第に俳句から離れられなくなっていました。以来、故石倉啓補先生そして三村純也先生と長きにわたりご教示を享けております。

平成七年、俳句鍛錬会「根っこの会」発足時、多田孝枝さんから誘われ、また蘇水先生のお薦めもあり、思い切って参加させて頂くことにしました。これまで『山茶花』一筋だった私にとって、井の中の蛙が大海への感で、坊城俊樹先生はじめ諸先生のご指導を享け、忌憚なく切磋琢磨する機を得ました。また、前代表の谷口治達先生や同人、同志とともに、さまざまなイベント開催にも関わり、俳句のみならず童画、絵画など多くの出会いに恵まれ、感謝の気持ちでいっぱいです。

句集刊行にあたり、『六分儀』選者・書家の山本素竹様には、丹誠な素晴らしい題字「貨車捌く」を賜りまして、もったいない限りでございます。俳誌『六分儀』編集室の多田薫さん・孝枝さん夫妻とは長い俳縁、句友です。多大なる支援・尽力を本当にあ

りがとう。

併せて、花乱社の別府大悟様、宇野道子様、design POOL の北里俊明様、田中智子様に心より御礼を申し上げます。

今日まで、勤務に明け暮れ、俳句創作に出歩く私を、傍らで見守ってくれた妻・妙子へ、孫たちへ、この拙書を捧げ、これからも句日記を綴り続けてまいりたいと思います。

平成二十七年八月吉日

中山十防

季題別索引

*傍題を詠んだものは、本季題にまとめて収録した。

▽あ行

アイスクリーム 183
青蘆 105
青嵐 44
青芒 170
秋 66・102・107
秋惜む 23
秋風 4・141
秋高し 134
秋の蚊 16
秋の蝶 175
秋の蠅 20
秋の日 16・75
秋の山 179
秋晴 37
秋深し 75・94・149
秋遍路 20・149
秋祭 148
紫陽花 87・134
汗 11・19
馬酔木の花 68
暑さ 105
雨蛙 166
飴湯 61
鮎 53・165
蟻 11
息白し 31・176・187
苺 60
銀杏落葉 158・176
凍鶴 136
犬ふぐり 58・172
稲 80・141
茨の花 117・178
蠑螈 156
鰯雲 115・162
植田 177
鶯 39・132・189
薄氷 169
梅 63・177
梅干 118

盂蘭盆 49・114・125・153
麗か 151
枝豆 184
狗尾草 142
炎天 100
楝の花 117
大掃除 39
落葉 26・67・108・186
おでん 187
踊 154
踊子草 87

▽か行

楓の花 190
柿 102
柿の花 29
飾 176

河鹿 70
悴む 81
賀状 17・46・63
霞 138・189
風薫る 124・139
風光る 91・110
蟹 153
神の旅 126
神の留守 23・120
神渡 121
鴨 83・120
蚊遣火 54
烏瓜 101・175
刈田 14
枯菊 75
寒明 155
元日 31
元旦 112

寒椿 59・96・150
寒釣 172
カンナ 166
寒の水 136
菊人形 25
啄木鳥 111
胡瓜 119
霧 178
銀杏 108
草茂る 104
草取 182
草の花 135・167
草餅 47
鯨 158
山梔子の花 153
雲の峰 183
黒穂 9
啓蟄 32・77

鯉幟 182
氷水 166
凍る 72・89・95
五月 69・78・152
極暑 49・61
コスモス 62
去年今年 144
東風 52
子供の日 47・48
小鳥 163
木の実落つ 36・115
木の芽 27・160
小春 22・167・186
辛夷 77・169
御来迎 74

▽さ行

早乙女 64
鷺草 88
左義長 32
桜 68・73・86
桜紅葉 102
栄螺 191
山茶花 122
甘蔗 72
冴ゆる 72・95・132・136・171
残花 109
残菊 13
椎落葉 165
椎の実 120
汐干 127
時雨 55・121・175
仕事始め 26
獅子舞 15
下萌 33・96・137
清水 9
霜 7・63・82
馬鈴薯の花 35
石楠花 126
芍薬 140
石鹼玉 173
十薬 92
春光 82
春愁 52
春昼 165
春眠 173
春雷 13・59
正月 55
菖蒲 48・49・83・161
除夜の鐘 46

代田 29
新樹 60
新年 38
新涼 65
水仙 85・180
芒 4
涼し 105・110・119・157
納涼 184
菫 145
節分 27・52・180
蟬 36・74・79・124・147
扇風機 110
早春 144・160
卒業 15

▽た行

大寒 76
大根干す 43・111
大試験 13
颱風 42・70・71
田植 60
滝 41・93・148
竹落葉 177
竹の秋 191
竹の春 22・101
種物 164
短日 158・159
蒲公英 64
煖炉 45・143
チューリップ 28・123
蝶 59・132・133
土筆 68・181
蔦 94
蔦紅葉 185
躑躅 138
椿 6・40・43・122・150・169
燕 21・182
燕の子 34
燕の巣 133
冷たし 129
梅雨 65・156・183
露 162・179
氷柱 21
石蕗の花 50・71・80・108・129・185
出水 162
蟷螂 79・157・171
心太 128
登山 10・11・74
年越 55
年用意 111
どんたく 8
蜻蛉 54・93・125・134

▽な行

夏霧 118
夏木立 127
夏座敷 19・100
夏座布団 19
夏燕 156
夏の蝶 152
夏の月 157
夏萩 65
夏帽子 88
夏蜜柑 124
夏めく 25・40
菜の花 96
入学 174
猫の恋 32・137
合歓の花 78・93

▽は行

野遊 173
長閑 160
幟 145
野焼く 8
海苔 17
野分 142
蠅 99
蜂 151
萩 30・171
薄暑 82・91
初明り 112
初鴉 103
初暦 26・116・187
初時雨 20
初刷 51・76・89
ばつた 106
初詣 85・155・179
初湯 188
初雪 103
花 18・28・33・47・69・86・91・98・104・117・151
花火 25・41・45・106・178
母の日 145
薔薇 123・139・161
春 7・150
春風 10
春著 15
春炬燵 116
春寒 58・112・189
春雨 109
春煖炉 44
春隣 122
春の宵 53

春疾風 144
春火桶 123
春めく 188
万緑 34
日脚伸ぶ 159
引鴨 104・155
日盛 100
火取虫 113
雛 7・24・58・85・86・90・126・159・190
雲雀 97
向日葵 35・54
冷奴 147
鶺 42
枇杷 140
風船 133
藤 9
懐手 14
船遊 146
冬 21・84
冬桜 163
冬ざれ 6・81・88・89・129
冬の海 143
冬の川 103
冬の蝿 31
冬の山 38・44
冬日和 121
冬帽 14・168
冬紅葉 67
芙蓉 148
蛇 128・146
蛇苺 127・147・161
遍路 8・12・22・109
朴の花 113
蛍 118
蛍狩 69
牡丹 53
時鳥 40・70・98
盆の月 114
盆梅 137

▽ま行

松蝉 98
豆撒 76
曼珠沙華 174
実梅 64
蜜柑 5
水澄む 115
水鳥 143
水温む 73・116・188
道をしへ 114
木槿 66
虫 4・5・12・29・36・44・79

・101・106・141・154・167・170・184
霧氷 6
名月 30・142
芽柳 138
土竜打 18
鵙 94・107・149
紅葉 5・50・62・84・163
黄葉 37・45
紅葉狩 16・30・51
紅葉散る 67・80・84・95・186

▽や行

八手の花 50
山眠る 37・42
山吹 97
山笑ふ 27・191
夕立 12
夕月夜 61
雪 38・46・168
雪の下 83・92
雪の果 39
行秋 62
弓始 23・24・43・81
余寒 164
葭切 78
嫁が君 51

▽ら行

立夏 113
立春 172
立冬 71
緑蔭 140・174
竜胆 135
冷房 119
老鶯 10・24・92・99・128

▽わ行

若楓 31
若葉 28・34・73・77・99
若布 90
笑初 154

中山十防（なかやま・とんぼう）

昭和二十四年九月十二日、佐賀県唐津市に生まれる
昭和四十三年に国鉄（現ＪＲ）入社
昭和五十年より永田蘇水師に師事して、俳句を始める
昭和五十一年より『山茶花』誌友となる
昭和五十九年、山茶花同人
平成元年より公益社団法人日本伝統俳句協会会員
平成七年、「根っこの会」発足時より参加、同人
俳誌『六分儀』同人会長
佐賀県唐津市在住

貨車《かしゃ》捌《さば》く　中山《なかやま》十防《とんぼう》句集《くしゅう》

❖

2015年9月12日　第1刷発行

❖

著　者　中山十防

発行者　別府大悟

発行所　合同会社花乱社

〒810-0073 福岡市中央区舞鶴 1-6-13-405

電話 092(781)7550　FAX 092(781)7555

印刷　有限会社九州コンピュータ印刷

製本　日宝綜合製本株式会社

[定価はカバーに表示]

ISBN978-4-905327-49-3

ROKUBUNGI

六分儀俊英シリーズ 第8集